# DER LÄNGSTE TAG

## OSKAR LOERKE

copyright © 2023 Culturea éditions
Herausgeber: Culturea (34, Hérault)
Druck: BOD - In de Tarpen 42, Norderstedt (Deutschland)
Website: http://culturea.fr
Kontakt: infos@culturea.fr
ISBN:9791041932887
Veröffentlichungsdatum: FEBRUAR 2023
Layout und Design: https://reedsy.com/
Dieses Buch wurde mit der Schriftart Bauer Bodoni gesetzt.

ER WIRT MIR GEBEN

# Ararat

Kommt, Freunde, mit mir! Freude schlägt die Klage,

Wenngleich die Sintflut neu die Welt verschlang.

Ich weiß: die Welt erzählt sich ihre Tage

Und zählt dabei auch manchen Untergang.


Nun Orgel schon und Kuppelhahn versandet

Im Schlamm, erwacht ein Gei.ster-Ararat.

Aus Strudelschwärze das Olivenblatt

Ist auf dem Demantrücken feucht gelandet.


Es liegt in deiner Hand gehöhltem Teller.

Die Wälder seines Ursprungs atmen schwer

In dir, sie atmen deine Hand dir leer —

Ein Tropfen Tau nur fällt herein, ein heller.


Jedoch das Wehn, das dir dein Blatt genommen,

Trosteinwärts hebt es dich auch fort vom Karst:

Der Ararat der Einsamkeit zerbarst,

Die süßen Täler haben ihn erklommen.


Im Dickicht hast du schon den Weg, die Schneise.

Die Welt um dich ist wie dein Herz so alt.

Sie glaubt es dir, glaubst du ihm die Gestalt.

Wie sonst bist du der Wandrer auf der Reise.


Dich überschwebt nach Afrika der Storch,

Du suchst den Heimatschnee, des Nordens Fichte.

In einer Stadt vom Orgelchore, horch!

Sebastian Bach singt: uns im Weltgerichte.

## Dichter

Nichts andres ist geblichen als zuweilen

Ein selbstgefundner Klang nur armem Mann.

Der Riß in meinem Leben heilt daran,

Und manche Risse durch die Welten heilen.


Du große Sichel Wort! Du großer Rechen!

Mit Einem Stöhnen alle Schmerzen stöhnen

Samt ihren Ahnen, ihren späten Söhnen!

Mit Einem Worte alle Worte sprechen!


## Dunkler Engel

Dunkle Flügel? - Wipfeldrehn

Spielt auf dem freudig gelben Wein,

Auf kalten Kacheln schon trüber.

Draußen bei Rosen wird gemolken.


Rosen fallen den Augen ein,

Bald, so treten sie über.

Drückende Berge - wo nur? - gehn

Lautlos unter wie Wolken.


## Die Vogelstraßen

Vor vielen tausend Jahren auferbaut,

Ziehn hoch durch Luft die großen Vogelstraßen.

Den Erdball, wie ihn Ferndampf drunten blaut,

Ermaßen Flügel nur mit Himmelmaßen.


Sie sind verboten aller Menschenlast,

Verwehrt dem zwiegespaltnen Huf, der Klaue.

Kein Stäubchen lagert dort, kein Blatt vom Ast

Und, gibt es Gott, kein Haar von seiner Braue.


Von einer solchen Straße überbrückt,

Sahst du ums Haupt dir ihren Schatten stürzen.

Das Licht, das jemals unter ihr gerückt,

Sahst du erscheinen und zum Blitz sich kürzen.


Du hast die magische Figur befragt:

Als Donner schlug sie sich in träge Stücke!

Dein Magisches, dein Vogel-Leichtes jagt

Entlang die unsichtbare lange Brücke.


Des einen Endes Pfeiler steht in Frost,

Wo Moorpech quillt und Sumptohreulen kreisen

Und Federschwänze klatschen, rot von Rost,

Entrafft der Flut voll aufgelöstem Eisen.


Des andern Endes Pfeiler hüllt Geschmeiß,

Zum Fraß gesellt, im Neide sich Gehilfe -

Doch dort ertönt ein Strom in seinem Fleiß,

Dort senkt die Vogelstraße sich zum Schilfe.


Nicht fern besteigt den klaren Bergvulkan

Ein Elefant, schaut einsam in den Krater.

Darüber sinnt der Himmel, aufgetan,

Sein Alter aus, und er weiß keinen Vater.


Und Bild um Bild erbangt nach einem Sinn

Ob Worten, die wir sonst im Sinne hatten.

Auch dies scheint Donnerrufen her und hin,

Dem Blitz vorweggenommen als sein Schatten.

Zu reisen, ist der Vögel Winterschlaf,

Der schwere Frösche, Schlangen oder Bären

Im Schwebetraume nur mitschwebend traf.

O daß wir alle Vogelseelen wären!


## Einschlafen in der Weltstadt

Wie Geist durch ein Harmonium wimmernd schleife,

Ein Würmchen ruhe auf der Schienen Schlange,

Der Kürbis zwischen breiten Blättern reife,

Ein Sandsteinchristus in den Himmel lange:


Das war der Bildernachtrab, war das Ende

Der Weltstadt, tropfend in das Unbekannte,

Süß wie die Tropfen Rosenöl, die Spende,

Womit der Bettler dankt in der Levante.


## Gesang aus östlicher Ferne

Vom höchsten Gipfel dieser Welt beschienen,

Vernahm ich den Erwachten, der nicht lügt.

Urfehde sangen Tag und Nacht Lawinen,

In diesen Frieden hab ich mich gefügt.


Brach je die kalte Flut auf dein Verlangen

In gelben Monden ihrer Rosen aus?

Es wächst das Eis, die Zeit hat angefangen,

Das wilde Bergschaf steigt im Schnee nach Haus.

## Großer Seele Gesang

Großer Seele Gesang stirbt den spätesten Tod,

Ein reiner, gerechter.

Vor ihm verfliegen sich der Raben »Krieg« und »Not«

Viele Geschlechter.


Er ist ihnen der Recke Namenlos

Und tut nicht ihre Taten.

Durch alle Sintflut ist der Schwimmerstoß

Dem Tagblinden, ihm, geraten.


Den bröckelnden Gebirgen überlegen

Ist er an Dauer,

Und aller Schmerzen endlich versiegendem Regen

An Trauer.


## Hinter dem Horizont

Mein Schiff fährt langsam, sein Alter ist groß,

Algen, Muscheln, Moos,

Der Kot des Meeres hat sich angesetzt.

Eine bunte Insel, fast steht es zuletzt.


Soll ich noch fahren ? Ich fahre nicht mehr.

Aber alle Dinge kommen,

Kontinente, frachtenschwer

Nun wie fremde Schiffe zu mir geschwommen.


Vorbei ist der Menschen feste Küste

Wie der Donner im Winter,

Übriggeblieben im Gewölke

Der prophetische Vogelflug.

Steigender, stürzender Völker beharrendes Bild!

Soviel Blut und soviel Leid!

Und alles, was da gilt,

Geschieht doch in der Einsamkeit.


## Keilschriftzylinder

Auf braunen Tonzylindern winden sich die Zeilen

Weiser Schrift, im Feuer erprobt, im Ofen gebacken;

In Spiralen ein Gedränge von Keilen,

Die wie Schnäbel nach dem Weltsinn hacken.


Am Ende winden sie sich in das Leere

Auf unsichtbaren Wendeltreppen weiter.

Aus Tiefer und Höher trifft an jeder Kehre

Ein Reim sich auf der schiefen Himmelsleiter.


Das Berghorn schreibt sich ein aus Nebelbrauen,

Der Wildgansflug klatscht an mit offnen Fächern,

Und in die letzten Riesenreihen tauen

Die Demantkeile von den Himmelsdächern. -


Vergessen der Segen, den unten die Zeichen erbaten,

Der Schatten der Bäume zog viele Zirkel im Rasen.

Vergessen der Zauber, den die Zylinder geraten,

Das Heilkraut-Pulver in Apothekervasen.


Verfallen der Ofen, seine Ziegel zerbrochen,

Längst verzogen der Qualm seiner Scheiter.

Verwest die Schreiber, zerstaubt ihre Knochen -

Von selbst dichtet die Welt sich weiter.

## Pilgerschaft

Im Pilgern wurde Chinas Büßer

Vom Tod nicht aufgehalten.

Nur scheint der Schritt durch Luft ihm süßer

Zu Wolkenberggestalten.


An rotem Felsgeröll zerfetzt sich

Sein gelber Seidenmantel,

An seine leuchten Augen setzt sich

Die gierige Tarantel.


Er naht dem heißen goldnen Blocke,

Die Glut versengt die Brauen,

Und er weiß nicht mit Axt und Stocke

Geschmeide loszuhauen.


So setze dich! Die Berge schweben

Dir unters Haupt wie Kissen,

Und Klamm und Grate werden eben,

Von Gluten eingerissen.


Sie nehmen aus der Hand wie Hände

Dir Axt und Stab; dein Linnen

Zieh ab! dich hüllen ihre Wände,

Du bist in ihnen innen.


## Schwabenspiegel

So sagt das Spiegelbuch der Schwaben

Vom Schatz im Saatgelände:

»Was tiefer liegt, als Pflüge graben,

Gehört in Königs Hände.«

Noch Tieferes, nicht aufzuscharren,

Gehört den frommen Schauern;

Das fährt kein Roß-, kein Ochsenkarren

Dem Fürsten ein, dem Bauern.


Wo dessen Lager ist, du ahnst es

Aus einem frühern Leben,

Und ist es an der Zeit, du planst es

Und kannst den Schatz dir heben.


Ihn zieht ein tiefher Aufwärtswollen,

Ein Schweben felsdurchdringend,

Ein Stampfen und ein Feuergrollen,

Den Erdball ganz bezwingend.


Den stößt er manche Meilenspanne

Durch schwarzen Raumes Pfuhle -:

Doch steht des Schnitters Wasserkanne

Still neben deinem Stuhle.


Dies ungeheure Mächtewühlen

Will Opfer nirgend rauben.

Ein Regen lallt, die Tropfen kühlen,

Goldregenblüten stauben.


## Von fern

Von Pappeln klirrt das harte Laub wie Schwert um Schwert.

Mies - wie lange vergangen!

Ich sitze, ohne zu fangen,

Am öden Vogelherd.

Er steht nicht hier im rauhschwarzen Regen?

Unsichtbar ist er, hoch entlegen,

Als sah ich ihn in meiner leeren Hand:

Ihn trägt sie, zu Lichte gekehrt,

Und mich inmitten der wachsenden Schwertstreu.


Und wie den Weg hinauf nicht Huf, nicht Wagen fand,

Kannst du auch nicht zu nur hinabgelangen,

Beschattete Seele.

Du sitzest, ohne zu fangen,

An ödem Vogelherd.